JN046753

# 湯布院奇行

燃え殻

講談社

# 湯布院奇行

「いま、君の目の前にいる女を私たちで共有しないか?」

店先で、女から手渡された封筒に入っていた便箋には、そう書かれていた。

「それで先生は、なんと?」

女は手紙を覗き込むような仕草で、僕に確認をする。僕はとっさに便箋を胸に当て、「いや、まだちゃんと読めてなくて」などと間抜けな言葉を吐いてしまう。

「すみません。焦らせちゃって」

小さく笑いながら謝る女の声に、首筋が撫でられるような感覚を味わう。女は涼やかな目元をしており、肌の白さと瑞々しさが際立っていた。頬に二つ並んだホクロが妙に色っぽい。肩まで伸びた黒髪の艶は造り物のように綺麗で、歳は二十代前半にも後半のようにも見えた。

トークイベントで知り合った、世界的に活躍する現代アーティスト沖島淳一(おきしまじゅんいち)

から「それならば、大分の湯布院に行ってみるといい」と返信があったのは三日前のことだ。そのメールの内容はとにかく不思議なものだった。

「湯布院の駅を降りた目の前に『渓谷堂』という主に陶器を売っている店があります。店は築にして四十年以上。お世辞にもきれいとはいえないが、独特の味わいのある佇まいの木造二階建て。そこにいる忍という女を訪ねてください。その女の元に行けば、すべてわかるようにしてあるのでご安心を。たまにはそんな旅もいいでしょう」

と、だけ記されていた。

「で、なんと?」

女は少し困ったような表情で、もう一度そう尋ねてくる。

「すみません、ちょっとだけ待ってもらえますか」

僕は手紙の先を急ぐ。

内容は僕のいままで生きてきた常識に、まったく当てはまらないことしか書かれていなかった。沖島は東京藝術大学で講師をしているときに、この目の前の女と知り合ったという。女は、講義が終わったあとに教壇まで駆け寄ってきて、沖島を特集したＮＨＫ『日曜美術館』を録画して何度も観たこと、この大学には沖島に会いたい一心で努力して入学したということを、つんのめるように話したという。

沖島にとってそれは珍しいことではないらしい。だから特に動揺することもなく、女の長かった黒髪を「肩辺りで切るように」とその日に命じたというのだ。横柄な態度にもかかわらず、女は翌日になると本当に髪をバッサリと肩口まで切ってきたと書かれていた。そしてジーンズにＴシャツという出で立ちもやめさせ、白いワンピースを買い与えたと書いてある。地方のイベントや、海外のアートフェスにも女を同行させ、読む本、観る映画、課題として描く絵のモチーフにまで事細かく指示を出してきたと、まるで植物の観察日記のように淡々と書かれていた。沖島自身、自分の勝手な指示に、女がどこまでついて来られるか半信半疑だったが、文句の一つも言わず、いままですべてのいいつけを飲んできたというのだ。便箋の最後に「君も物を書く仕事を生業にしているのなら、このくらいのことをやってみるのもいいんじゃないですか。その店の二階には、陶芸教室ができるスペースがあります。彼女と二階に上がってみてください。では、良い旅を」と結ばれていた。確かに女の後ろには、二階に上がる階段があった。

恐る恐る、僕は女に質問をする。

「あのう、今日、先生は二階にいらっしゃるのでしょうか？」

「そんなことが書かれていたんですか？」

「いや、そうではないのですが、なぜ今日僕が来ることを、先生は知っていたんでしょうか」

「いたずらが好きな方ですから」

そう言うと女は口元を隠すように笑う。

「忍さん、ですか？」

「わたしの名前が書いてあったんですね」

「ああ、まあ、そうです」

僕はなんの安堵かわからない安堵に胸を撫で下ろす。

「それで？　他には何が？」

忍は改めて、僕が左手に持っている便箋を指差して言った。

「あ、いやえっと。つまり今回の旅は、あなたと仲良くするようにと」

僕がそこまで言うと、忍は「先生がそうおっしゃるなら、仲良くしないといけませんね」と声を出して笑いはじめた。彼女の白いワンピースは先のほうが滲んだようなブルーで染められていて、笑うたび、熱帯魚の尻尾のようにヒラヒラと揺れて美しかった。

「二階。ご覧になっていきますか?」

その瞬間、手紙に書かれていた「二階に上がってみてください」という文字が頭に浮かび、心臓の脈を打つピッチが上がった。「共有する」とはつまり、そういうことなのだろうか。

「あの、立ち入ったことをお聞きしますが、先生とはどういったご関係でしょうか?」

「先生とわたしですか? 親子とかではないですよ」

「それはわかっているんですが」

僕がそう言って頭をかくと、忍はまた妖しく笑うのだった。

「わたしが一方的にファンだったんです。NHKの『日曜美術館』という番組はご覧になったことはございますか? 先生が特集された回を録画して、高校時代に何度も観ました」

「ああ」

「大学卒業と同時に、先生からここ、湯布院で働くように言われまして。四ヶ月前に、陶芸教室を開いたんです」

先ほどの手紙の内容が、やけに信ぴょう性を帯びてくる。多分、沖島が書いていたことはすべて本当のことなのだろう。そのとき、入口のドアが開いて、外国人の観光客の一団がドヤドヤと入ってきた。僕の中で、ピンと張りつめていた空気が少しだけ緩んだ。忍は「いらっしゃいませ」と彼らに優しく声をかけた。すると忍の後ろに見える階段から、トントントンともうひとり女が降りてきて、

「忍さん、わたしが店番をするから大丈夫よ」と声をかけた。

「片桐(かたぎり)さん、すみません」

「先生のお客さんでしょ。お部屋のほうに案内してあげたら?」

忍をそう促す片桐という名の女を見て、「え?」と思わず声が漏れてしまった。その女もまた忍同様、髪の長さは肩口辺りまでで、まったく同じ白いワンピースを着ていたのだ。ただ、ホクロの位置は違っていた。片桐には口元に一つ、薄い色のホクロがあった。僕を見て笑顔で会釈をしてから、団体の観光客に英語で接客し始める。賑やかになった店内で、忍がゆっくり口を開いた。

「先生はいたずらがお好きだから、お気になさらないでくださいね」

少し開いていた窓から、ひんやりとした風が静かに吹き込んでくる。この女ふたりはどんな関係なのだろう。忍は何かを思い出したように「あ、そうだ」と声を出し、店先のほうへ小走りでいくと、封筒を手元に持って僕のほうに戻ってきた。

「わたしも先生から手紙を頂いていたんです」

突然のことで戸惑ったままの僕に忍はなおもつづける。

「先生に、あなたが訪ねてくるまで開封してはダメだと、きつく言われていたんですよ」

蛇に睨まれた蛙（かえる）とはまさにこのことだ。言葉が出てこない。店内には、何処かの島の波の音が収められた音源が、延々と流れつづけていた。

「いま、開けていいですよね?」

忍は先ほどまでの穏やかな表情とは一変して、怖いほどに鋭い視線で僕の目を見ながらそうつぶやく。言葉はすぐには見つからない。唾をゆっくりと、音がしないように飲み込んでみる。ペーパーナイフを使って、忍が封筒を綺麗に開封していくのを、僕は黙って見つめることしか出来なかった。

僕の性格はめっぽう不況に強い。

何事も習慣にすることだけには自信があった。それがどんなにエゲツない仕事でも、不条理なクライアントからの要求でも、なんとなく習慣化してしまう従順なところが僕にはあった。もしこの先、刑務所に入ることがあったとしても、最初の一週間だけはメソメソして、そのあとあっという間に環境に慣れ、なんなら自分なりの楽しみすら見つけてしまいそうで怖い。

ラブホテルで清掃のアルバイトを短い間やっていたことがある。そのときに気づいたのは「世の中には結構スカトロ嗜好の人間が多い」ということだ。最初こそ毎回嘔吐してしまい、憔悴したが、数日後には同僚と芸能人の色恋沙汰の話をしながら、布団の真ん中に鎮座したブツを片付けられる人間になっていた。

カップラーメンの粉末スープを封入する工場で、無限に袋詰めチェックをするアルバイトをしていたときは、虚しさを感じて辞めていく人間たちを横目で見ながら、鼻歌まじりでチェックに励んでいた。同じ作業をつづけていると、途中からトランス状態に陥り、気分が高揚していき、気持ちが良くなってしまう。今までのアルバイト歴の中でも、一番自分に向いていた可能性が高い。

とにかく僕の性格は不況に強い。ドブさらいでも単純作業でもあっという間に習慣化させてしまう鈍感さと柔軟性を持ち合わせていた。そして物欲もほとんどないので、燃費もいいときている。僕はエコカーよりもエコカー的な性能があった。ただそんな僕でも、いやそんな僕だからこそ、時々バグを起こしてしまう。「今日ですべてを終わりにしよう」という気持ちになることが、四年に一度くらいのペースで起こる。キャパオーバーになるまで仕事を抱え込んでしまう癖があった。コップに一滴ずつ溜まっていく液状化したストレスが、ちょうど四年あたりで表面張力の限界を迎え、決壊する。平時に安定していればしているほど、決壊したときの壊れかたは酷い。そのバグはオリンピックとほぼ同じ周期だったので、自分としては覚えやすくて助かっていた。来るぞ、来るぞ、来るぞで、どかんと来る。だから本当は確実にバグるはずだった東京オリンピックの年に、新型コロナウイルスが世界中に蔓延して、あらゆるものがフリーズし、僕はバグらずに済んだ。このままオリンピックもバグも、持ち越しどころか消えてなくなればいいいと願っていたのに、やはりそれは両方ともやってきてしまった。

僕は日々、物書きを生業として生活をしている。決して楽な暮らしではないが、大学も出ていない人間としては、生活費をまかなえるくらいの収入を得られるだけでありがたかった。ただ元来の断り下手が祟り、気づくといつも自分の限界を超える仕事量を抱えるようになっていた。そもそもはアルバイトで入った雑誌の編集部で、暇を持て余しているのがバレ、エッセイに載せる挿絵を描く仕事を、ちらほら引き受けてしまったのが事の始まりだ。毎月、あがってきた原稿にあわせてイラストを入稿していたが、担当していたエッセイストが鬱(うつ)になり、一行も書けなくなってしまった。そのエッセイストは、地下アイドルとの兼業だったので、鬱を簡単には公表できない。仕方がないので、挿絵に加えてエッセイまでも代行することになってしまい、僕の物書きとしての人生がだらしなく始まった。

物書きの世界は、とにかく出入りの激しい世界だった。考えてみれば、自分の心の中にしまっていたものを書き散らし、印刷し、日本中に撒くわけだ。長くやっていれば、普通の神経なら狂ってしまうほうが当たり前なのかもしれない。まったくの荒野にようやく一行目を絞り出し、ひと晩かけて組み立てていくものの、たいていはどこかから引っぱってきたような面白みのない文章が出来上がって全消去する。面白い、面白くない。売れる、売れない。バズる、炎上する。紙なら部数、ネットならページビューといった結果が出なければ仕事はすぐになくなってしまう。一見、自由気ままに見える物書きという仕事は、蓋(ふた)を開けてみれば縛りだらけで、好き勝手に書けることなどほとんどない。理想と現実、評判とプレッシャーに頭を占拠され、作品に向かえなくなった書き手を何人か見てきた。結果、代行が代行を呼び、気づくと代行まみれになって、僕のスケジュールはパンパンに埋まっていた。書き散らした文章の塊は、文学でも散文でもなんでもない。僕は、代行として誌面を埋めることを最優先とした、文章のプロフェッショナルになっていた。しかしこれが一部では好評を博す。いつの間にか、代行だったはずの執筆仕事に、自分のクレジットが入るようになる。自分の仕事が日の当たる場所で評価されることは純粋に嬉しかったが、同時にネットの掲示板でスレッドが立つほど叩かれ始める。

「何も反応がないよりは良いことだ。大したもんだよ」

そう言ってくれたのは、女性向けファッション誌の編集長Fだった。しかし、睡眠時間を削りに削ってようやく出来た成果物を、ほとんどの読み手からは、「つまらない」「凡庸」で片付けられてしまう。気にしなければいいのだが、気づくと自分の名前でエゴサーチをして、自ら傷つきに行ってしまう。

結局、この二十年、最低でも週刊連載が同時に七本以上ある生活を続けてきた。つまり毎日が締め切りとの戦いになった。その連載とは別に、小説と単発のコラム、イベントなどが入ってくる。その昔「二十四時間働けますか」というキャッチコピーが一世を風靡したが、働き方改革が周知された今でもなお、僕の毎日は二十四時間常に稼働状態だった。世界がコロナでバグって、初めて仕事が一旦減る。しかし、しぶとかった東京オリンピック同様、連載もしぶとく復活し、この度、律儀にも延期されたオリンピックと合わせるように、再び限界点を迎えることになった。ダイナマイトを使って古い高層の建造物を破壊するように、耳元で音を立て、かろうじて繋がっていた僕の社会性がブチブチとちぎれていくのがわかった。

「プチプチプチ」

最初は小さいかわいい音。

それが最後は、アキレス腱が断裂するような音に変わる。

「ブチッ」

鈍い音を立てて見事にちぎれた。そして突然左耳が聞こえなくなり、そのまま右耳も塞がれ、次に意識が戻ったときは、便器を抱えて胃液だけを吐いている真っ最中だった。無様に唾液をこぼしながら、ただただ鼻水と涙を流していた。汚物まみれになって、便器を抱えてむせび泣く姿は、生まれたばかりの赤子に戻ったようだった。

それが昨夜午前二時。僕はそれでも根性だけで、満員電車に乗った。連載をしていた週刊誌の担当者から、「今後について」と記された打ち合わせを打診するメールをもらっていたからだ。指定された時間の一時間前に着くように、僕はラッシュの日比谷線に否応無く乗った。世の中はコロナウイルスの変異種の話題で持ちきりで、アクリル板に消毒液、密を避けることが半ば義務づけられている世界のはずだというのに、日比谷線は正真正銘の満員電車だった。ただでさえ世の中の先の見えなさに苛立っている老若男女が、満員電車の密集度にさらに苛ついていることが手に取るようにわかった。

世の中には代わりはいくらでもいた。それはサラリーマンでも物書きでも同じだ。どうしてもあなたでなくては困る、そんな仕事はこの世に存在しない。すべての仕事は「でも代わりはいる」で回っている。総理大臣も、弁当屋の主人も、タクシードライバーでも物書きでも、それは間違いなく一緒だ。そのことが根底でわかっているから、人々は無理に無理を重ねて、この満員電車に乗っている。その一員として、無理に無理を重ねた結果、僕がこの社会と繋がっていたすべてが、ブチッといってしまった。

気づいたら、念のためにと処方されていた精神安定剤は前回のバグ以降、まったく効かなくなっていて、二日間眠らないで起きていることが眠るための特効薬になった。さらにそこにバグが重なると、妙にいろいろなことがおかしく感じはじめる。おかしくておかしくて仕方がない。朝のラッシュを見ながら、その馬鹿らしい光景に、大声を上げて笑い転げてしまいそうになる。こういう瞬間が危ないということを僕は知っている。酒や精神安定剤、それに象でも眠らせると処方された睡眠薬は、こういった状況を乗り切るための心の友だ。しかしそいつは悪友で、頼り過ぎると人生最悪の出来事が待っている。

駅名を確認しないまま満員御礼の日比谷線を降りて改札を出た。東京なら駅を降りればだいたい徒歩三十秒圏内にコンビニの一つや二つはある。視界がまるで早送り映像を見るように変わりゆく中、コンビニのアルコールコーナーに直行した。迷うことなく一番アルコール度数の高いロング缶を手に取る。冷えた缶に指がはりついたとき、「ああ、また来たみたいだ」と僕は僕に伝えた。

なんならこのまま消えてしまおうか。急激に頭が冷え、手にとったロング缶を冷蔵庫に戻す。スーツ姿の会社員たちはいぶかしそうに僕を見ていたが構うものか。彼らの中にも多かれ少なかれ、僕と同じナメクジのたたきのような感情が潜んでいるはずだ。ひとまず僕はコンビニを出る。太陽光がいつにも増して眩しく感じる。誰かにすがりつきたいと思いながらスマートフォンを開くと、ネットのニュース画面で、あの人物の名前に目が止まった。

「沖島淳一」

彼ならわかってくれるはずだ、僕のバグを。眩しすぎる太陽の光を。この一見真っ当なふりをした人間たちが、真っ当を強要しあう世界から、離脱したい気持ちを。だって彼は本来、不毛で不貞なこの世の中の一番底を晒して、「芸術」なんていう一流の嘘で切り取り、商売にまでしてしまう男なのだから。

沖島の芸術作品は、スーツを着た小人のような現代人たちを洗濯機の中に無理やり押し込んで洗浄しているものだったり、同じ顔に同じ格好をした美少女たちが東京タワーと同じくらいの高さにまで巨大化した場面を描いたものだったり、グロテスクとも取れる作品がほとんどだ。それなのに沖島自身は、ふわりとした浮遊感のある人間だった。年齢は五十代半ば、白髪交じりの髪をオールバックにし、無精髭をたくわえている。少し伸びた髭を触るのが癖らしく、いつも顎を指で撫でながら僕の話を聞いてくれた。摑みどころがない男だが、酒と女が好きなことは、誰の目から見ても間違いがなかった。悲しんだり、落胆したりする表情はイメージできない。芸術家特有の我の強さもなく、沖島はどちらかというと、人の話を聞くタイプだった。対象を質問攻めにするような人間ではない。沖島と話していると、知らぬ間に心療内科の医者に対して打ち明けるようなことを、思わず口にしてしまっていたことは一度や二度ではなかった。

いつだったか、沖島が作った巨大な神輿(みこし)のアートを見に行くと「これは、君の話をベースに作ったんですよ。世の中みんな、御輿を担いでいるだけだって、愚痴を言っていたでしょう？　あの話が僕は好きでね」と笑いながら言われた。おびただしい数の白い手をモチーフにし、石膏で作られた神輿は、不気味だが間違いなく美しかった。

「死にたいときってどうすればいいんですか」

僕は気づくと、まるでこじらせた十代のような文言を沖島にメールしていた。

小さくため息をついてから、スマートフォンの画面に視線を戻すと、すぐに返事がくる。それは「湯布院」という表題のついたメールだった。

住宅地を抜けると、初めて見る公園があった。公園のベンチに座って、後ろポケットに入れたスマートフォンに手を伸ばす。スマートフォンを触る頻度は大げさでなく十分に一回以上。間違いなく「依存症」と判定されるレベルだ。顔に近づけたスマートフォンの画面に、自分の脂汗がポトポトと垂れる。僕は沖島からのメールの最後の部分をもう一度、声に出して読み直した。

「そこにいる忍という女を訪ねてください。その女の元に行けば、すべてわかるようにしてあるのでご安心を。たまにはそんな旅もいいでしょう」

音読が終わると、もう一通、沖島からメールが届いていたことに気づく。

「死にたいという感情は、遠くに行きたいということです。旅に出なさい。いつもより遠くまで」

死にたいは、遠くに行きたい。
なんの根拠もない沖島の言葉は妙な説得力があった。沖島は度々音信不通になる。もしかすると、連絡の取れないとき、沖島はどこか遠くに行っているのかもしれない。

来た道を戻って、もう一度電車に乗り込んだ。湯布院までの最短経路をネットで調べ、大分空港行きの飛行機の予約をする。つり革を摑む。ドアが閉まる寸前に、中年男性が扉に挟まりながらもこじ開けるようにして、無理やり乗り込もうとしている。周りの乗客は見て見ぬふりを決め込む。中年男のその姿を見たとき、僕は東京から一刻も早く離れたいという気持ちに確信を持った。電車は改めてドアを開け、中年男を迎え入れる。中年男は何食わぬ顔で、ワイシャツの第一ボタンを外して、ネクタイを緩めた。額から汗がダラダラと流れている。車両が静かに動き出す。そのとき、フッと大きな駅貼りポスターに目を奪われた。そこには、緑に囲まれた風情ある宿の写真があった。早朝に撮影したのか、靄がかかって幻想的な光景だった。ポスターには『湯布院』とだけ金の文字で刻印されていた。

「ゆふぃん」

思わず口からそう漏れた。

「いいんじゃないですか」

突然、女の声がする。我に返ると、目の前に着物姿の忍がいた。目をきょとんとさせながら、口角は柔らかく上げている。白い着物には透けるように文字がのっているが、着古されているからか、なんという文字かまでは判別ができない。

「あの……僕は？」

「東京でのお話をされていましたよ。緊張が絶えない日常だったんですね。誰だってそれは、おかしくなりますよ。バグ？　でしたっけ。機械でもフリーズするでしょう？　人間がしないわけないですよ」

忍は目を三日月のように細めて笑った。六畳ほどの畳の部屋で、飯台を挟み、忍に自分の心境を話していた。らしい。ここに来るまでの記憶をなんとか呼び起こそうとするが、どうしても何かに堰き止められて、この部屋に急にたどり着いてしまう。四方の土壁は、祖父の家にあった蔵と同じ香りがした。僕の目の前には、飲み干した緑茶の湯のみがある。しかしそのお茶を飲んだ記憶はない。襖は閉まっているし、天井の灯りは濁った橙色の光だけなので時間がまったくわからない。忍のほうに目をやると、彼女はにこりともう一度微笑みながら頬杖をついた。


「すみません、みっともない話をしました」

「いえ、もっとお話ししてください」

忍の一途な視線が眩しかった。

僕はどういうわけか、露悪的なきらいがある。東京でも友人と呼べる関係が誰ともまともに築けなかったのは、そういうところに原因がありそうだ。忍の眼差しは、確かに嘘がなさそうで、僕は逆に不安になってしまう。給料が高いとか、著名人と知り合いだとか、予約の取りづらい店の常連だとか、そういう話ばかりが酒の肴のように人の関心をかっさらっていくのを、嫌というほど見てきた。僕の話は華やかさもなければ、興味をそそるフックもなかったはずだ。だって、ただの回想のつもりだったのだから。例えば小説で、彼女に話した部分を書いてしまったら、ためらわずにゴッソリと削除されるような、それはただの愚痴だったはずだ。

「ラブホテルでは、他にどんなことが起きるんですか?」

「ラブホテル？　なんの話ですか？」

　僕の質問に忍は答えず、頬杖をついたまま、少しだけ首を傾げた。忍は何の気なしに「ラブホテル」という単語を発したが、彼女の声で再生されるその五文字を聞くと、僕の頭の中には、大きく股を開いて天井に白い脚を伸ばした忍と、そこに覆いかぶさる沖島の背中が思い浮かんでしまう。二人の関係を瞬時に妄想してしまった自分が恥ずかしくなって、視線を逸らす。忍の体臭だろうか、白粉の匂いのようなものが、鼻をくすぐる。忍の不自然なくらいに、艶っぽい仕草に気持ちが浮ついていた。今朝方まであんなに希死念慮に占拠されていたというのに、自分という人間のみっともなさとわかりやすさに辟易する。

「目がキョロキョロ。どうなさったんですか」

　僕の情けない態度が、忍のツボにハマったらしく、声を出して笑われた。青い血管が少し浮き出た美しい首筋に、どうしても目がいってしまう。無意識に彼女の薬指を確認したが、指輪はしていなかった。

「わたしの指、どう思います？」

「えっ」

「いま、ご覧になっていたから」

指輪があるかどうかを確かめたなんて馬鹿正直に言えるわけがない。初対面の男にそんなことを言われたら、誰だって気味が悪くなるだろう。返答に困っているると「わたしの指、昔はもう少し細かったんですけどね」と恥ずかしそうにする。「土を捏ねているうちにどんどん太くなってきてしまって、あまり好きじゃないんです」

忍は自分の顔の前に手をかざして、まじまじと見ていた。きれいに整った爪に真っすぐ伸びた指一本一本は、マニュキュアなどで飾られておらず、透き通るようだった。石膏でできているかのように白く美しく、青い血管が微かに確認できた。きれいだ。指輪は契約の証だ。既婚者の沖島とどれだけ懇意になっても結婚はできない。そんなもので繋がれてしまった日には、忍はただの人形として湯布院にとどめられてしまう。何もついていない白い指は、忍がかろうじて個人である証のようにも見えた。忍は人差し指を、徐ろに僕の唇に近づける。そしてその美しい人差し指は、僕の唇をこじ開けた。僕は固く目を瞑る。目を瞑ったまま、冷たくて細い忍の人差し指を夢中になってしゃぶる。後頭部の下の方に痺れを感じた。

「いま、君の目の前にいる女を私たちで共有しないか?」

沖島の声が脳内に響き渡った。僕の歯茎と奥歯で弄ぶ忍の指の形状を確認するようにしゃぶっていると、意識とモラルが口から唾液となって溶け出してくる。そう思ったときだった。

「わたしもフラッとこの世界からいなくなったことがあるんです」

声のトーンに驚き、僕は目を開けた。僕の喉の奥から、人差し指が静かに抜かれる。よだれの糸が数本無様に垂れてしまう。

「あーあ、垂れちゃいましたね」

指の主は、気づかぬうちに片桐に変わっていた。顎の左側がゴキッと音を鳴らす。口から蜘蛛の糸のように掻き出された細い唾液が、片桐の指に絡め取られていく。

片桐の口元のホクロが艶(なまめ)かしい。僕はそのとき、意外なほど彼女の言葉を心穏やかに受け止める。

「片桐さんは、どんなことをしたんですか?」

「どんなこと?」

「背徳感を味わう、どんなことを?」

「そうですね……」

片桐は視線を落とし、数秒の沈黙を作る。

「好きだった人の薬指にはまっていた指輪を、大学近くにある蓮池にぽーんと投げたことかしら」

大学近くの池。それは不忍池のことだろうか。「その好きな人って」と口に出した瞬間、片桐は話を終わらせるかのように、「冗談ですよ」と一言口にした。

「それにしても、どうして沖島先生と懇意に？」

空になった僕の湯のみにおそらく二杯目の緑茶を注ぎながら片桐が聞いてきた。そういえば、沖島と僕の関係を彼女たちにはまだ話していなかった。

「仕事です。麻木島（あさぎじま）という瀬戸内海の小さな離島でのトークイベントがあったんです。僕はこう見えて物書きなんですよ」

「ええ、存じております。作品はすべて読ませていただいております」

「本当ですか？　すぐに捨てられるような個性のない雑誌の連載や、重版のかからない小説ばかりでお恥ずかしいかぎりですが」

「またそんな謙遜をなさって。デビュー作は、沖島先生から借りっぱなしだから、きっとそろそろ叱られます」

片桐が心から笑っているような気がして僕は足を崩して胡坐（あぐら）をかき、話を進める。

「その離島でのイベントで、先生に初めてお会いしました。先生は課外学習という名目で、女学生を何人か連れて来られていました」

「先生は、学生思いですからね。使いっぱしり役もやらされますが」

「そのときも若い女学生たちは、沖島先生の何から何まで気遣っている様子で」

「いいご身分」

「そうですね」

「それで？」

片桐が前のめりになると、着物の胸元がすこし乱れ、右の鎖骨あたりにもホクロがあることがわかる。僕は一生懸命、話に集中するよう心がける。

「それで……、トークイベントが終わって、夕方のフェリーが出た後、僕と沖島先生、それに女学生数人と島に残ったんです。そこで沖島先生がラム酒の瓶を次から次に鞄から出してきて」

「ははは、変わらないですねえ。先生は」

片桐は反り返るように笑った。着ていた着物の裾が大きく開いて、今度は白い健康的な太ももが露わになる。

「それで……、それからみんなでこの酒を飲もうということになったんです。ラム酒をコーラで割って、ラムコークにしようと。だけどそこで、肝心のコーラがないことに気づいたんです。麻木島にはコンビニなんて便利なものはないんです。先生が船着き場に自動販売機があったことを思い出して、結局女学生たちを連れて、宿を出ていってしまいました」

「先生、お酒が好きだから」

「それで僕は、沖島先生と彼女たちを待っていたんですけど、結局朝まで戻ってこなかったんです」

そこまで話して、はっとした。沖島と恋仲であろう片桐は、こんな話など聞きたくないはずだ。次の言葉に困っていると、片桐がこう返した。

「先生らしいお話ですこと」

片桐といると、沖島と話しているかのように、つい話しすぎてしまう。自分の頭の中と現実の世界の境目が曖昧になっていくようで、余計なことまで口からこぼれてしまう。

嫌味のない相槌と吐息のような息遣い、それに時折、裾を引っ張られるような言葉。緩急が心地よく、時の経過を忘れてしまう。

どこからか、醤油と砂糖を熱した香りがする。しっかり閉まっていたはずの襖が少しだけ開いている。赤い光が、霞む闇に消えては現れるように点滅している。

「ここは」僕がそこまで言いかけると、「夕餉(ゆうげ)の時間ですね」と片桐はすっくと立ち上がった。着物の乱れをきれいに直すと、部屋を出る前に僕に顔を近づけて囁く。

「麻木島での、おふたりのお話、とても楽しかったです」

言葉が耳元でハウリングする。

「とても楽しかったです」

麻木島の静かな波の音がしっかりと聴こえた。島でのトークイベントでは五十人以上の若者たちが体育座りで、僕と沖島の話を聞いてくれていた。それは沖島が、「創作とは?」「生活とは?」ということを話したあとだった。

「いろいろ御託(ごたく)を並べていますが、そんなものは運命の人に出会ったら、すべておしまいの話ですよ」と言って笑った。体育座りで熱心にこちらを見ていた五十人以上の若者たちも、安心したように笑う。僕も沖島のリップサービスと本音の間のような言葉に、思わず苦笑してしまう。苦笑しながら、体育座りの観客たちをぐるっと見渡した。

右の一番奥。そう、一番奥だ。

白いワンピースを着た女が口元を押さえて笑っていた。僕は記憶を手繰り寄せるように、目の前の片桐の瞳を覗き込む。そこに映っているのは、僕だった。あの日、あそこにいたのは彼女だった。

「ラムコーク。今夜、お飲みになりますか?」

正

ポケットを弄ると、『渓谷堂』と書かれたマッチ箱を見つけた。シャカシャカと音をさせながら部屋を見渡してみる。襖を引いて、静かに外に出ると、廊下に敷かれた赤い絨毯(じゅうたん)が目に入った。ひと気はなく、物音は一切しない。廊下はただただまっすぐつづいていた。廊下の先のほうは、墨で塗ったかのように不自然に暗い。絨毯を踏みしめると、じんわりと沈んで、床板がぎゅうと鳴った。しばらく進むと廊下の先の闇に、ポッと灯りが点る。その灯りは何度か点滅してから消えてしまう。僕は街灯に誘われる蛾のように、その点滅した灯りの残像に向かって歩く。天井には煤けたオレンジ色の灯りを放つ傘の被さった電球が、一定の距離を置いて並んでいた。振り返ってみると、僕が歩いた後の電球だけに灯りが点いていることに気づく。誰かに見守られている気配がした。不安に襲われて数歩下がってみる。すると、ポンと頭上の電球が一つ消える。僕は早足で暗いほうへまた歩き出す。するとその目指す先の暗闇の中で、揺らめく灯りの存在に気づく。構わず先を急ぐと、どんどんと闇に捕食されていくような不思議な感覚に襲われる。自分の手や足すら視界から消えてしまって、どこまでか定かではない。そのとき、先ほど点いてすぐに消えた灯りが、数メートル向こうにポッと現れた。その妖しく揺らぐ光を、僕はつかまえたかった。あと一歩、あと一歩、もう少しでつかまえられると思ったその瞬間、灯りが意志を持った生き物のように奥へ、すーっと引いていく。

僕は思わず立ち止まる。

「どうかなさいましたか」

女が移動した灯りのある場所から、女が浮き出るように現れた。

「なにか必要なものでもございましたか？」

「片桐……さんですか？」

「はい」

「ここは一体」

「日女（ひめ）の宿ですよ」

「ひめ……」

「ここまでの道のりでお伝えしたじゃないですか、いやだわ」

片桐が忍のように笑う。

「あなたが僕に?」

「他に誰かいますか?」

どうしても思い出すことはできなかった。僕は先ほどの畳の部屋で、片桐と麻木島での話をしていた。それは間違い……いや待て。冷たくて細い忍の人差し指が、ゆっくり僕の唇に迫ってくる記憶が頭をよぎる。片桐は僕の狼狽ぶりを心配するかのような表情で見つめてくるが、心から信頼することがどうしても出来ない。

「今、忍さんもこの宿にいますよね?」

「忍は今、『渓谷堂』を閉めて、こちらに向かっているはずです。本当に先生は人使いが荒いんですよ」

「忍さんとさっきお話をしていたはずなんですが……」

「またそんなご冗談を。やはり相当お疲れなんですね。日常のバグ? でしたっけ」

片桐はもう一度、忍のように笑った。

「やっぱり疲れているみたいです」

僕は自分の頭をコンコンと叩く。沖島の手紙以来、意識が混濁しがちだ。

「じゃあ、お風呂になさっては？　この辺では珍しい白濁色の湯が、きっとバグも未練もすべて溶かしてくれますよ」

「未練……、ですか」

「はい、すべての疲れは未練からやってくると、先生が前に雑誌のインタビューで答えていらしたことの受け売りですけれど」

片桐の薄い唇、左目の黒目部分だけが栗色なのが、彼女の妖艶さを増しているように感じた。三白眼なところも、こちらの心の中を常に覗かれているような気になる。片桐が襟元を直すたび、習字で使う墨のような匂いがした。懐かしい匂い。疲れと眠気が絶え間なく襲ってきて、嗅覚だけがやけに研ぎ澄まされている。

早く風呂に入ってしまおう。ここまできたら、面倒も何もすべて受け入れてしまいたい。せめて混沌を楽しみたい。いや、溶かしてしまいたい。

「お風呂を先にいただきます」

「ゆっくりしてください。もう驚かれないように、灯りは点けておきますから」

そういうと片桐は爪先立ちで、少し高い所にある蠟燭（ろうそく）立てにマッチを近づける。二の腕の白さが、発光しているように美しい。

シュッと音を立て、片桐がマッチを擦って火を点けた。


そこで僕は目が覚める。

天井を見つめている。天井には足跡のようなシミ。畳の匂い。座布団を二つ折りにして、僕は眠ってしまっていた。

「麻木島での、おふたりのお話、とても楽しかったです」

女の声だ。その声が忍なのか片桐なのか、僕にはもうわからなかった。日女の宿。それは本当にあるのだろうか。そして、僕はまだ生きているのだろうか。もしかして日比谷線に飛び込んでしまったのではないか？　さっきの階段から落ちてしまった可能性もある。湯布院という場所に来てから、湯けむりに巻かれてしまったように不確かなことばかりだ。ここは黄泉の国なのかもしれない。じっと手を見る。まだ透けてはいなかった。

「そうだ、風呂だ」

すべて溶かしてしまうんだ。僕は服を脱いで、部屋の隅に置いてあった、きれいにたたまれた浴衣に着替えた。身一つで襖を開けると、そこに片桐が音もなく立っていた。

「大浴場までご案内いたします」

僕は背筋が凍りつくような恐怖をそのとき、感じた。

赤い絨毯は一歩踏みしめると、ぎゅうと床の沈む音がする。そこで僕は振り返ってみる。やはり天井には、オレンジ色の灯りを放つ電球が傘を被って、一定の距離を置いて並んでいた。僕と片桐が歩いた後の電球だけが点いていくのがわかる。そういうものなのだと、僕は飲み込んで前を向く。廊下の先には、蠟燭の灯りが空中に浮いているように、ほのかに揺れながら点いている。そして階段が見えてきた。ビデオテープを繰り返し、再生しているようだったが、それよりもこの場所がどこなのか理解できていることの安堵のほうが大きかった。何事も受け入れてしまったほうが生きやすい。そういうものだ。そういうものなのだ。しずしずと前を歩く片桐は一言も発しない。僕も言葉をかけることもなく、一緒に階段を降りていく。

「大浴場の壁の絵、是非ご覧になってください」片桐はそう呟いた。

「先生がわざわざ描いてくださったものなんです。この旅館一番の贅沢なものかもしれません」

そう言って振り返った女は、忍だった。

「え」受け入れたはずのこの世界のルールと常識がまたもや混濁していく。しかし忍はまったく意に介さず、落ち着いた口調で話をつづける。

「この左が大浴場になります」

『大浴場』と書かれた木札の墨の文字は、古びて薄らいでいた。忍は僕の指に、細く長い自分の指を絡ませる。僕はその指の行方を、どこか窺うようにそっと握りかえす。すると忍が、「どうします?」というような顔をした。

僕は急に恥ずかしくなり、「ご案内、ありがとうございました」と言って、絡み合った指をそっと解いた。

「では、ごゆっくり」

押し寄せる不可解に、僕は完全に飲み込まれてしまった。足元の床がぎゅうと一度音を立てて、沈んだ。床暖房が入っているような温かさを、足の裏に感じる。ガラガラガラと戸を閉め切るまで、忍は頭を深々と下げ、微動だにしなかった。

脱衣所で、この数分で起きた嚙み合わない事実を思い出しながら浴衣を脱ぐ。

すると自分の意思とは関係なく、全身に鳥肌が立つ感覚に襲われる。僕は両手で身体をさすりながら、脱衣所の大きな鏡の中を隅々まで、見渡してみた。もちろん裸の自分以外、人らしきものは映っていない。ただどうしても人の気配を感じる。全身の鳥肌がおさまる様子はない。こんな感覚になるのは、生まれて初めてだった。僕は恐る恐る、もう一度鏡の中を覗き込む。しかしそこにはやはり、無様な裸でこちらを覗き込む自分が、ただ映っているだけだ。鏡の中の自分に顔を近づけ見つめ合い、「はあ」とため息のような息を吹きかけてみる。そして風呂の戸をガラガラガラと開けて、むせかえるような湯気に目をしばしばとさせ、慎重に濡れたタイルの上を歩く。湯気の深い霧はそのままだが、しばらくすると少し視界を取り戻した。僕は尚も慎重に進んでみる。すると目の前に立派な浴槽が現れた。大人の男が十人は入れるだろう大きさだ。その浴槽は美しい檜で作られており、独特の香りが早くも気持ちを鎮静させてくれる。シャワーは見当たらない。錆びた蛇口が六つだけあり、その蛇口の下に、風呂桶が一つずつ置かれている。僕は一番隅の蛇口をひねり、風呂桶に湯をため、体にかける。それを何度か繰り返してから、檜の風呂に、ゆっくりと浸かってみる。

体を覆い尽くす白濁した湯に手をかざし、浴槽の中で意識を失くすように眠ってしまったらどうだろうかと考えた。頭を後ろに倒し、湯船に顔を沈める。鼻から湯が入ってきて、つむじに抜けるような痛さが響く。痛いがそのままにする。両耳にも湯が侵入して、あっという間に両耳とも詰まってしまった。このまま意識を失ってしまえば、締め切りや責任から逃れられて楽になれる。溺死は苦しみを伴うというが、ほんの数分の苦痛で無限につづく重責から解放されるなら、案外悪くない死にかたかもしれない。もうほとほと疲れてしまった。旅先で緩んだ脳みそがどんどんと疲れを沸き立たせ、毛穴という毛穴から、ドロドロと黒ずんだ悪性の血液が吹き出てくるような感覚を味わう。この湯船に溶けてしまいたい。潮時を迎えるには、これ以上ない場所なような気がした。

この土地に来てから、整合性が取れない出来事が何度も起きているが、今までの人生は、果たして整合性が取れていたのだろうか。そう問うたら、僕は僕自身に閉口するしかなかった。そんなものはすべて、ちぐはぐのまま進んできたじゃないか。白濁色の湯は、最初熱いくらいに感じたが、今はちょうどいい湯加減だ。そう、そうやってちゃんと、熱さにも厳しさにも、不条理にも不思議にもだんだんと慣れ、周りを騙し、自分をはぐらかしてやってきたじゃないか。あっという間に馴染んでみせたじゃないか。ならば死もまた、あっという間なんじゃやないだろうか。僕はゆっくりと湯に抱かれながら、その生涯を終える。意識が朦朧とする中で、僕はそんな都合のいい妄想に思いを巡らせていた。

――ザパアア

大浴場の奥のほうから湯を流す音が聞こえた。奥のほうは、まるであの階段のあった場所のように、闇があるだけで何も見えない。ただただ真っ暗なのだ。その真っ暗な場所から、湯をかける音だけが、たしかに聞こえてきた。誰かいるのだろうか。入り口から、僕以外に入ってきた物音は一切しなかった。脱衣所の籠は、僕以外のものは伏せて置かれていたはずだ。僕は湯船に浸かりながら、湯をかき分けるようにそちらに向かってみる。

――ザパアア

やはり湯を流す音だ。間違いない。僕は肩まで浸かりながら、ゆっくりとさらに近づく。近づいても闇は闇のままだった。そして暗がりに手を伸ばした。

――ザパアア

僕の体にも湯がかかり、思わず目を瞑る。手でこすりながら目を開けると、丸い大ぶりな尻をこちらに向けた女が、片膝をついて自分の体に湯をかけているところだった。僕の気配に気づいたのか、女がゆっくりと振り返った。溢れる湯気で顔の判別がつかない。

忍なら、入り口で僕を見送ったはずだ。ということはこの女は片桐なのか。大きな尻を眺めながら、僕は片桐との廊下でのやりとりを思い出していた。彼女の唇と細い二の腕が頭をよぎる。

「湯加減はいかがですか？」

女は、僕がここにいるのが当たり前かのようにそう聞いてきた。

「あの……」

相手が誰かわからない状態で何か答えようとしたが、言葉が見つからない。

「この辺りは大昔から混浴なんですよ」

僕はまだ、彼女が片桐か忍かを判断できないでいた。


昔、まだ幼かった妹と母と三人で、箱根湯本の温泉宿に泊まったことがあった。あのとき、なぜ父はいなかったのだろうか。まったく覚えていない。母は優しく僕の髪を洗ってくれた。妹がバシャバシャとプールではしゃぐようにバタ足をして、あきれるように笑いながら母が注意をした。僕も妹のもとへ急ぐ。大きな天窓から、太陽の光が束になって降り注いでいる。あまりの眩しさに僕は思わ

ず目を瞑る。妹の笑い声が湯船に反射するように弾ける。母はずっと笑ってい
る。僕もずっと笑っていた。

「この湯布院に伝わる面白い話があるんです。古い民話なんですけどね」
大ぶりな丸い女の尻に白濁色の湯がかかり、ぬめりと妖しく光る。髪をかきあ
げた時、女の脇に薄く脇毛が生えているのがわかった。
「ある夜、人々が平和に暮らすこの里に鬼が現れて、自分もこの村に住みたいと
言い出したんです。人々が鬼の醜さに恐れおののいている様子を見た土地の神は
『朝までに百個の塚を作れたらこの村に迎え入れよう。間に合わなかったら岩屋
へ戻り、二度と出てきてはいけない』と条件を言い渡したそうです」
「百個の塚……」
「無理難題を鬼に言い渡したんですよ。土地の神も村民も無理だろうと思ってい
たのですが、鬼は凄まじい勢いで塚を作り、夜明け前に九十九個目まで完成させ
てしまったそうです。これでは鬼の勝ちになってしまう。そこで土地の神は鶏の
声真似をしたんです」
「鶏の声真似？」

「鶏は朝に鳴きますから。山里に響き渡る鶏の声を聞いて、夜が明けてしまったと勘違いした鬼は仕方なく山の岩屋に戻って行き、人々は末永く土地の神に感謝することとなりましたとさ」

そこまで話し終わると、彼女はすっくと立ち上がって、僕のほうに向かって歩いてきた。思わず目をそらしたが、迷いなく僕の隣に来て、左足から湯に浸かる。

「この辺りの人たちは、皆さん知っている話なんですよ」

肩まで温泉に身を沈めながら、女は僕の近くに寄ってきた。できるだけ目を合わせないように、僕は湯船に視線を落とす。そんな気遣いも虚しく、彼女がそっと僕の耳を触る。忍だ。湯気で見えづらかったが、頬に並んだ二つのホクロを確認できた。手の感触もまた、忍で間違いないことを伝えていた。

「ホロッホー」

忍は鶏の鳴くマネをした。僕はびっくりし、「忍さんにもそういうユーモラスなところがあるんですね」と、なんとか笑いながら答える。少しの沈黙の後、「鬼はどんな気持ちだったんでしょうね」と忍が、僕の後ろ側にまわりながら言った。先ほどの話からすると、鬼は何も悪いことをしていない。懸命に九十九の塚を作ったものの、騙されて仲間に入れてもらうことを諦めさせられてしまった。鬼はきっと岩屋に戻って、涙を流したに違いない。

「先に出ます」

僕はこの状況がいたたまれず、おずおずと脱衣所へ向かう。そのとき、僕の背中に向かって忍が言う。

「脱衣所に、先生からの手紙を置いておきました。この宿に着いたら、渡して欲しいと言われていたものですから」

「そうですか」

僕が振り返ると、そこには誰もいなかった。行くあてもなく右往左往する僕の視線の先に、大浴場の壁画が飛び込んでくる。沖島がよくモチーフにする美少女たちが壁一面に描かれ、そのうちの一人の手の上に、哀れな鬼が命乞いをするように土下座している姿が、やけに真実味を帯びて描かれていた。これが、先ほど聞いた沖島の絵か……。

――ザパアア
温泉の湯でヌルヌルとしたタイルに足を取られないようにしながら、脱衣所にたどり着く。丸まった浴衣が入った籠の中に、忍の言う通り、沖島からであろう封筒を見つける。破るように開け、中の便箋を取り出して読んでみた。

「今晩はゆっくりしてください。ただ、言い忘れたことが一つあります。そちらでの時間がどんなに心地良かったとしても、百日以上滞在してはいけません。百日滞在してしまったら、君はきれいさっぱりこの世界から溶けてなくなってしまいますからね」

百日？　仮にどんなに心地よかったとして、ここに百日などいられるものか。僕は沖島の大げさな文面に失笑しつつ、元通り三つ折りにして封筒に納め、浴衣を羽織る。

沖島の人を食ったような文面にもいい加減、辟易してきた。やはり現代アートを生業にするような人間とは、真面目に付き合ってはいられない。ただ、忍が言っていたこの辺りに伝わる鬼の話が、妙に引っかかっていた。とにかく、沖島に一度電話をして整理をしよう。このいたずらな夜を終わりにしなければいけない。それまでは、とにかく深く考えるのはやめようと心に誓った。そう必死に自分を律しようとするのに、忍が白濁した湯の中で、両脚をゆっくり開いていくイメージが、頭の中を埋め尽くす。なるべく音を立てないように廊下に出ると、冷んやりとした外気が、どこかの窓からかぴゅーと吹きつける。凍えるような冷たい空気に、つい小走りになって階段を駆け上がった。

襖を閉める瞬間、廊下に人の姿がないことを確認する。まだ少し開いていた隙間をもう一度強く閉め、僕はへなへなとその場にしゃがみこんでしまった。

しかし次の瞬間、僕の背筋が粟立った。部屋の中に人の気配がするのだ。

「いいお湯でしたか?」浴衣姿の忍が、真後ろに立っていた。

「ああ……」力なく僕は答える。

「どうかなさいました?」

「いや、さっき」

「ああ、最初の日にご一緒いたしましたね」

「最初?」

「ここに来てもう一週間。早いですね。顔からすっかり険が消えて、柔らかな表情になりましたね」

「一週間?」

忍は「何を言ってるの？」という顔で、心配そうに僕を見やる。とにかく沖島に電話をしなければと、慌ててスマートフォンを手に取ると「圏外」と表示されている。でも日付はわかるはずだ、と確認しようとした瞬間、画面は真っ暗になってしまった。忍の言う通り、充電がなくなるぐらいの時間をこの場所で過ごしていたのだろうか。

充電器を焦って探すが、荷物の中のどこにも見当たらない。

「何かお探しですか？」と忍は問いかけてくるが、かまっていられないくらいに焦っていた。

「すみません、充電器を」まで言ったところで、「ここは電波が入らないので、誰も持っていないんですよ」と軽くあしらわれてしまう。よくみると部屋にはテレビも電話も見当たらない。

部屋の中を行ったり来たりしている僕を見て、忍はクスクスと可笑しそうに言う。

「それって、そんなに大切なんですか？」

僕は引きつって笑うことが精一杯だった。そしてもう一度、もう一度だけ僕は今日の出来事を整理してみる。僕は今日、湯布院に到着して、この「日女の宿」

に来た。そしてついさっき初めて風呂に入ったはずだ。いや待てよ、僕は日女の宿までの道のりをまったく覚えていない。記憶にいくつも穴がある。いまは一体いつで、ここは本当はどこなんだ……。落ち着かない僕を見かねてか、忍が熱いほうじ茶を入れてくれた。

「今日の夕飯はこの辺りで採れた山菜になります。もうお出ししてもよろしいですか？」

「ちょっと食欲がないんで、遠慮してもいいですか……」

「あら、珍しい。いつもはあんなに美味しい美味しいって食べてらっしゃるのに」

反論する気力も残っていなかった。僕以外の僕が、ここで美味しい美味しいと食事をしていたのだろうか。

「じゃあ、わたしは失礼いたします。何かあったらいつでもお呼びください」

忍は丁寧にお辞儀をして、いつものように静かに襖を閉めた。いつものように？　確かに、いつものようにと僕は感じた。すこしぬるくなったほうじ茶を飲み干し、襖に目をやる。襖の向こうに、まだ忍がいる気配がする。僕は意を決して思い切り襖を開けてみる。するとそこには一匹の黒猫がいて、気持ち良さそうに毛繕いをしていた。僕はその黒猫を抱え、部屋に戻る。やっと一人になった。いや、一人と一匹になった。黒猫は静かに僕の腕の中に収まっている。

「百日滞在してしまったら、君はきれいさっぱりこの世界から溶けてなくなってしまいます」

沖島の言葉を思い出し、ここでの日にちを記録するため、柱に「正」の字を書いてみるのはどうだろうと思いついた。ちょうどいい柱が部屋の奥にあったので、僕はボールペンを持って、四つん這いになり、咄嗟に書き込んでみようと試みる。位置を見定めようとしたそのときだった。

「ひいいいいい」

僕は肺の一番奥のほうから絞り出すように奇声をあげ、背後に仰け反ってしまった。この宿に来て、初めて心からの恐怖を感じた。自分の指で確かめた場所には、すでに一週間分の「正」の字が書き込まれていたのだ。

ミミズが這ったような文字だったが、その文字には見覚えがある。しっかりしてくれ、僕は僕の記憶を辿ろうとするが、見覚えのない自分の手で、記憶が目隠しされてしまう。この汚いミミズが這ったような文字は、間違いなく僕の文字だ。ということは、本当に一週間が過ぎていたということなのか。僕は改めてその「正」の字を確認する。もう一度四つん這いになり、柱を指でなぞってみる。すると、黒猫が僕の人差し指をペロリと舐めた。

「いったい、どうなっているんだ」

忍は僕の顔を見て、すっかり険が消えたと言っていたが、ならばこの倦怠感はなんだ。たしかに今日、僕はここに来た。そしてバグったまま、数時間を過ごしただけだったはずだ。湯布院に来てから、一週間も経っているわけがない。この柱の書き込みも、きっとバグだ。あのふたりの女もきっと僕が作り出したバグだ。とにかく、今夜は布団を敷いて寝てしまおう。押し入れから布団を出そうと振り返ると、部屋の真ん中に、一組の布団がきれいに敷かれている。

「だから、これはどういうことなんだ」

「ぐうぅ」

掛け布団の上で、気持ちよさそうに黒猫が喉を鳴らし、ぽとりと横になってしまった。

秒針が時を刻む音がやけに耳について眠れない。心身ともに疲労しているはずなのに、どうしても眠りにつけない。そこで気がついた。

「待てよ……、この部屋に時計はなかったはずだ」

僕は起き上がって、部屋の中を見渡してみる。冷たい空気がガラス戸から、僕の全身に伝わってくる。

「カチカチカチ……」

古めかしい立派な木製の鳩時計が壁に当たり前のような顔をして、掛かっていた。黒猫の姿はどこにもない。長針と短針は、三時を少しまわったところを指している。ただ、それが正しいのかどうかはわからない。


東京の僕の部屋は首都高に面しており、行き交う車の音が昼夜を問わず止むことはなかった。近くに繁華街があったので、酔っ払いの叫び声がこだまする夜もしばしば。消防車や救急車のサイレンが鳴り響かない夜は珍しいくらいだった。

僕の部屋の隣は、若い男女が住んでいた。昼間にふたりが自転車で、どこかに出かけていくところを何度か見かけたことがある。男は三十代そこそこで短髪。仏頂面で真面目そうに見えた。女のほうは二十代後半くらい。栗色の髪はゆるくパーマが当てられていた。見るたびに違うブランドの鞄を持っているようだった。

深夜、クラッシックのレコードの音が鳴り始めるのが、すべての合図だった。レコードだとわかったのは、何度か音飛びを確認することができたからだ。僕の住んでいた部屋は、決して壁が薄いわけじゃない。それなのに、あそこまでハッキリと音が聴こえたということは相当なボリュームだったんだと思う。最初は注意しようかと思ったが、その重厚な音の渦の中に、男女の喘ぎ声が混じっていることを発見して、俄然、僕は興奮した。部屋の電気を消して、隣の部屋のほうにベッドを寄せた。僕はベッドの上で大の字になって、静かに目を瞑る。鼻から息を漏らし、耳を澄ました。クラッシックの音が、僕の部屋の中の空気を振動させる。その中に、男女の汗の匂いすらしそうな声が混じっているのがわかる。少し開けていた窓から、首都高を走るスポーツカーのエンジン音が唐突に鳴り響く。上の部屋から、小さく掃除機の音がずっと聞こえていたことに、僕はそのとき初めて気づいた。東京は常に顔も知らない誰かが、何かの音を発していた。

湯布院は人気の温泉地なのだから、夜といえども、もう少し人の気配を感じてもいいのではないか。そもそもこの宿は、湯布院のどの辺りに位置しているのか、どういった外観なのかもわからなかった。外に出て確かめてもいいのだが、それには廊下に出なくてはならない。あの蠟燭の灯りの揺らめきを見ると、もう戻れないような気がして勇気が出なかった。

この建物にいる人間は、自分一人だけなのではないか。もしかすると沖島から「自殺願望の男が行くから」と言伝された忍と片桐が、僕を殺そうとしている可能性だってある。食事に毒を盛るのは簡単だ。チグハグな記憶は薬の幻覚によるものだとしたら合点がいく。

こうやって一度「眠れない」と思ってしまうと、感覚が研ぎ澄まされていく。こういう場合、僕は睡眠薬に頼るのだが、薬の入った紙袋ごと、東京に忘れてきてしまった。いや、財布の中に予備で二錠だけ入れていたはずだ。いやいや待てよ。寝たらもっと恐ろしいことが起きるような予感がする。

そのとき、障子が音もなく開き、より深い闇から青白い女の手だけが現れ、自分の首筋まで迫ってくるのがわかった。細くて美しい指。忍の指に似ている。喉元をぎゅうっと締めつけられていく。息ができない。舌が内側に巻かれていく。苦しい。僕は死ぬのだろうか。体は石のようにまったく動かなくなる。声を発することがどうしても出来ない。声の代わりに口から出るのは、ひっくひっくという頼りない呼吸音だけだ。

「死にたくない……」

あれだけ死を渇望していたはずなのに、搾り出すように頭に浮かんだ言葉はなんとも情けないそれだった。自分の見苦しさに涙が出そうだ。湿った髪の毛が頬にまとわりつく不快さを覚えたとき、パキパキッと小さな音を立てながら、落ち着かない蛍光灯が慌てるように点いた。気づくと僕は布団の中で仰向けで眠っていて、掛け布団のちょうど胸の辺りに、きれいに体を丸めた黒猫が、置物のようにスヤスヤと眠っていた。

正丁

翌日、僕は体全体がいつもよりも数倍重く感じて、何度か目を覚ましては、再びやってくる眠けにまどろんでいた。宿には静寂が漂っている。幸いにして誰かが何かを支度しているカチャカチャという音が聞こえてきて、一人ではないという安堵に包まれる。柱にかかった時計の針は、三時を少しまわったところを指していた。香ばしい珈琲豆の匂いが、どこからか香る。

「ゆっくりお休みになられたんですね」

忍がお盆に珈琲をのせてやってきた。

「よく眠れました」軽々な嘘をついた。

「ここは湯布院のどの辺りにあるんですか」

途切れ途切れの記憶を手繰るように、忍に話しかけてみる。

「それもお忘れですか?」と忍は呆れた表情で言ったあとに、「湯布院の駅から、だいぶ離れたところになります。由布岳の麓(ふもと)……と言いましょうか。ここは岩屋があった場所を切り拓いて作ったんだとか。大分大空襲の被害も受けなかったそうです」と教えてくれた。

「チチチ」とスズメのような小鳥が二羽、宿の中に迷い込んでしまったようで、時々視界をさえぎるように現れる。その光景はよくあることなのか、忍は右手を掲げて歓迎していた。僕は大きなあくびをして、空気を肺の中一杯に吸い込んだ。

「ここからは由布岳が見えないんです。あまりに近すぎて。だからたまに駅前で見る由布岳の美しさに、息を呑むことがあります」

忍は二羽の小鳥が跳ねるように遊ぶ姿を目で追いながら、ひとり言のようにつぶやいた。

「湯布院にいるのにですか？」

「はい。どんなに素晴らしいものであっても、近くに行きすぎると見えなくなってしまうものでしょう？　でも、遠くから見る由布岳の美しさが胸を打つたび、この場所を好きになれるからラッキーだと思うことにしています」

忍の口から出た「ラッキー」という単語は、泉に放り込まれた石のように響き渡った。

「旅に出なさい。いつもより遠くまで」

沖島の言葉が幻聴のように鳴った気がした。僕は忍に沖島とのことを問い質したくなり、振り向いた。

「今日は、食欲の方はいかがですか?」

忍はすべてを察しているかのように話を切り替える。食事という単語を聞いた途端、何も食べていない胃が、珈琲のカフェインに刺激され唸るような感覚になる。こういうとき、つくづく欲には抗えないと実感する。

「ああ、大丈夫です」

「お食事の前に、何か軽いものでもお持ち致しますか?」

沖島はどこまでこの女を教育したのだろう。そつなく丁寧な話し方で、気の利く言葉をすっと差し出す忍を見ていると、沖島が「教えてやった」と勘違いしているだけで、忍の掌で転がされていただけだったのではないかと思えてくる。

「大丈夫です」と僕は意味もなく強がってしまう。忍は上品な紫色の着物を着こなし、「わかりました。それでは後ほど支度いたします」とお辞儀をすると、用事を思い出したかのように、すすす、と早歩きで階段を降りていってしまった。

僕は冷えた体を温めようと、また大浴場に行くことにした。脱衣所のガラス窓から中庭が見える。よく手入れがされている庭の向こう側には、深く薄暗い森が広がっていた。針葉樹の美しい森だ。そのさらに向こうにも、緑豊かな山々が見える。

沖島からの手紙が気になるには気になったが、あと数日間、ここで休んで東京に戻れば何ら問題はないだろうと、タカをくくっていた。ガラガラガラと戸を開け、大浴場を見渡してみる。誰の姿もない。窓の隙間からキラキラとした木漏れ日が、降り注いでいた。陽の光はどこまでも暖かい。昨日、闇のように暗く見えた場所は、今日は陽の光に照らされ、隅々まで生気に満ちていた。

ここは、湯布院の人里から離れた場所。日女の宿。

東京に疲れた僕が魂を鎮静させるには、沖島が言うようにもってこいの場所のように感じた。

――ザパアア

湯をかける音が突然、浴場に響き渡った。

咄嗟に振り返って周りを見渡したが、誰もいない。その音すら空耳だったのかもしれない。意識はしていなかったが、洗面台の鏡に映る自分の顔を見て、僕は口角が少しだけ上がっていることに気づいた。

東京で生きていると、不条理には慣れるが不思議からは遠ざかる。

理解できないことは、見て見ぬ振りが身についてしまう。

わからないことは、つまらないことにしてしまう。

不自由なことを極端に嫌うようになる。

「すぐにわかるっていうのは、理解したということとは別のことなんですよ」

沖島が耳元で、したり顔を浮かべて囁いたような気がした。東京の垢を洗い流すように、僕は頭から白濁した湯を何度も何度もかぶった。

——ザパアア
——ザパアア
——ザパアア

正下

「ねえねえ、遠くに行かない？」

そう言いながら彼女が僕の脚に自分の脚を絡めてくる。

「遠く？」

掛け布団はもうベッドの隅に追いやられている。

「南の島とかさ、マカオもいいな」

彼女は甘えた声で腕に絡みついてきた。

マカオ。いい響きだ。僕の知らない土地。僕のことを誰も知らない場所。頭の中で何度もその言葉をリピートしながら楽しむ。

「何も計画しないで温泉に行ったりするのもいいな。湯布院とか」

綺麗な二重の目が、僕の眼球に限りなく接近してくる。

「いいね」

マカオの響きも忘れてそう答えると、彼女は満足したように口づけをせがむ。

「美術館の静寂は、私の好きな静寂」

そう言いながら彼女は、僕の下半身に手を伸ばした。彼女が僕の欲しがっている言葉をくれるのは、すべてベッドの上だった。マカオ。湯布院。美術館。知っている人がいない場所だったら、何処だってよかった。僕は遠くへ行きたかったのだ。

一日中、数軒の喫茶店を転々としながら物を書き、駅前のスーパーで夕飯の食材を買うのが日課だった。帰りは深夜になることも多かったが、彼女はこんな生活リズムも苦ではないらしく、僕の帰りに合わせて、炊飯器のタイマーをセットしてくれている。家賃も食費も掃除洗濯も僕の役目だったけれど、それだけは彼女が毎回してくれた。プロダクトデザイナーの友人が開いてくれた飲み会で出会った彼女は、美大を卒業してからずっと、新宿の世界堂でアルバイトをしていた。僕の何倍も、絵のことも、映画のことも、海外の小説についても詳しかった。どうして僕みたいなつまらない男と一緒にいてくれるのかはわからなかったが、ワンルームのこの部屋ごと、僕を気に入ってくれていた。

その日は珍しく彼女は外出したまま帰ってこなかった。部屋に戻ると、甘えたＬＩＮＥが彼女から届く。

「もうすぐ帰るね。お腹減ったよ」

LINEを見て、玉ねぎを買うのを忘れていたことに気づき、急いでスーパーに引き返した。午後9時。駅前のスーパーマーケットはサービスタイムで、夜遅い時間にもかかわらず店内はそれなりに混雑していた。惣菜コーナーは特に人気で、店員が値引きの赤いシールを貼るやいなや、皆がこぞって手を伸ばし、商品は片っ端から消え去っていく。僕はそんな光景を横目で見ながら人をかき分け、野菜コーナーにたどり着いた。

玉ねぎ1袋98円。すかさず自分のカゴに入れ、会計を素早く済ます。自動ドアが開くと冷たい風が頬を触った。思わず首を縮める。今日が冬至だということをすっかり忘れていた。何気なく地下鉄の入り口付近に目が向く。彼女によく似た女の姿がそこにはあった。目を凝らし、熱心にスマートフォンで話している女を観察すると、やはりそれは彼女で間違いなかった。僕は彼女の後ろにまわって、気配を消してゆっくりと近づいてみる。

「今日は嬉しかった。今度までに髪は切ってきます。はい、ううん、大丈夫です」

このとき初めて、彼女の本当の声を聞いた気がした。

彼女はきっとこれから、いつものように僕の家に帰ってきて、僕が作ったカレーを食べ、しばらくテレビを見て、手を叩いて笑ったり、つまらなそうにヨガの真似事のようなことをしてから眠りにつくはずだ。僕は頭の中の回路がショートして、完全に心奪われているような表情で話している彼女を見ながら立ち尽くしていた。しばらくそのままでいると、彼女の電話が終わりを迎えそうになっているのに気づき、僕は慌てて脳みそを再起動させる。彼女に気づかれないよう、でもできるだけ早足で戻った。

それから彼女がうちのインターフォンを押すまでに、ゆうに三十分はかかった。その頃には、玉ねぎの入ったカレーのいい匂いが、部屋の中に充満していた。彼女は「先にルーだけ一口もらおうかなあ」と、いつもと寸分変わらぬ笑顔を僕に送る。

お笑い番組に夢中になっている彼女の前に、ルーだけをよそった器を置く。「ありがとう」と、意味なく僕の唇を指で触った。僕は追い焚きボタンを押すために風呂場に行く。彼女が大げさに爆笑する声が背中から聞こえてくる。いつも通りの彼女、いつも通りの夜、いつも通りの笑い声。その「いつも通り」が、実は本当の彼女ではなかった。僕は彼女にとって、どんな存在なのだろう。彼女から見た僕の肩書きは？　いやきっと彼女はそんなことを考える僕に、愛想を尽かしてしまったのかもしれない。僕はただ、家と食事を「タダ」で提供する存在。タダの男。タダそこにいた男。

「ねえねえ、遠くに行かない？」

彼女からの本心でもない誘いをバカみたいに信じて、手帳を見てスケジュールを確認していた自分の姿が脳裏をかすめ、哀れで胸の辺りを掻きむしりたくなった。怒りでも悲しみでもなく、虚しさが頭を占拠していく。この時間が一刻も早く遠い過去になってほしい。そう考えながら、湯船に自分の右手を浸す。前日の湯を追い焚きしたぬるい湯に、彼女の長い黒髪が数本浮かんでいる。それを摑もうと指でたぐるが、どうしてもうまく摑めなかった。

彼女は、東京でボロ雑巾のように使われる僕を必要としてくれた人だった。彼女が待っていると思えたから、逃げ出さないで毎日に耐えることが出来た。そういえば、彼女はいつも「ねえねえ、聞いて」とあれこれ話してくれたが、僕の話は聞いてもらったことがなかった。僕は彼女にとって、都合のいい嘆きの壁だった。

　僕たちはそのあと、いつも通りのセックスをして、いくらでもあったタダの夜を過ごした。部屋の灯りは、音量なしのザラザラと光ったテレビだけ。

「ねえねえ、遠くに行かない？」

　彼女が脚を絡めてくる。

「遠く？」

　そうつぶやくと、フッと目が覚めた。


　カコン、と桶が転がる音がする。湯けむりに包まれていた。

「日女の宿……か」

　肩まで浸かった湯の温度があまりに気持ちよくて、夢に堕ちてしまったようだ。それは一瞬だったような気もするし、長い時間が経った気もした。銅で造られた煤けた龍の口から大量の源泉が吹き出ている。吹き出す湯量は相当なものだ。硫黄の匂い。絶え間なく注がれる湯の音が、耳に溶けるようだった。湯けむりが気持ちよく上がっている。僕は龍の口に右手を近づけてみた。

「ここの湯は、長命に効くと言われているんですよ。とろとろの湯は心地よく体を包み込んでいきます。しっかり体を沈めたあと、ゆっくり鼻から息を吸ってください。そして一度止めて、口から少しずつ吐き出します。日常、常識、建前、道徳、それらが体中の穴から溶け出していきます」

僕は女の正体を確認する前にもう一度、龍の口から溢れ出る温泉を両手ですくってみる。さっきまで冷たいとすら感じる熱さだったのに、今はちょうどいい。手ですくって口に含んでみる。硫黄の匂いが鼻に抜けた。自分の臓器の位置がわかるように、湯が五臓六腑(ごぞうろっぷ)に染み込んでいくのを感じる。

「もう一口、もう一口含んでください」

湯気の中でゆらゆらと揺れる女の影が、僕にそう語りかけてくる。

僕は不思議なことに、その女の言葉を丸ごと信じて、女の言った通りにしたくなっていた。だんだんと体の力が抜けていくのがわかった。湯けむりは強烈に視界を遮り、橙色の提灯は怪しく、ぼうと周りを照らしている。湯船の中の僕の指先が、白濁色に溶けていく感覚に襲われる。鼻から大きく息を吸う。

「そう、そして一度止めて」

その声はどこか懐かしい。

「少しずつ吐き出します」

その合図を待って、僕はゆっくりと口から息を吐き出す。糸のように細い息を吐き出す。吐き出す。吐き出す。

どんどんと白濁色の湯に僕の体は溶けていく。僕は尚も吐き出す。仰向けになった僕の体は、重力がないかのように顔の部分以外が白濁色と混ざり合って、自分でも分からなくなる。発した吐息が湯に混ざっていく。目も、口も、鼻も、白濁色に覆われて、僕は完全に溶けてしまった。

「肉体はただわたしたちを運ぶための船。わたしとあなたの境はもうありません」

女の声が胸の内から聞こえてくる。この充満した湯けむりに溶け込んだように響く。恐怖心は微塵も感じない。白濁の湯に、長い女の黒髪が浮かんでいる。僕はそれをすくいたいと思い、手を伸ばす。そこで自分の手と湯の境がわからないことに気づく。言葉を発しようとするが、言葉もまた発した途端にきれいに湯の中に溶けてしまった。

正

ビデオテープを巻き戻すように、キュルキュルと音を立てて記憶が逆回転していく。時々、記憶は何かに引っかかって、一時停止をして再生される。僕の人生は、どこを取っても中途半端で華々しくはなかった。ただ華々しいだけの人間なんて、本当は一人もいないことは、まともに生きて、まともに働いて、まともに人と関わったことがある人間ならばわかるはずだ。ある日を境に、僕の人生は少しずつ歪んでいった。あれは小学生の頃だった。担任は斉藤先生だったから、小学二年の頃だ。

最初は、上履きが下駄箱からなくなったことから始まった。

僕は下駄箱の前で立ち尽くしている。しばらくして諦めた僕は、靴下のまま教室に向かった。廊下のタイルの冷たさを、未だに足の裏が覚えている。僕が後ろのドアから教室に入ると、担任の斉藤先生は、教壇のところで生徒に配るプリント用紙を数えていた。

午後、掃除の時間に僕の上履きは見つかる。教室のゴミ箱から、埃まみれになって発掘された。

「これ、だれの？」とクラスの女子の一人が、ゴミ箱の中から僕の名前の入った上履きをつまみ出し、床に放った。気まずさと好奇心が混ざった視線が、矢のように僕に注がれた。

それから、毎日何かがなくなった。リコーダー、体操着、置き傘……それに教科書。怒りや悲しみは最初だけで、僕は段々と抵抗することを諦めて、慣れていく。


学校が終わって家に帰り、夕飯の支度をする母のエプロンを掴んで話すのが日課だった。

「ねぇねぇ、お母さん今日学校でね……」

「ねぇねぇ、お母さん今日学校でね……」

母はパートを二つ掛け持ちしていたので、いま思えば相当疲れている中で僕の作り話を聞いてもらっていたことになる。

クラスの誰も答えられなかった星座の名前を答えられたこと。ドッジボールで最後まで残ったこと。女の子の誕生日会に呼ばれて、プレゼントにペンギンの形をした貯金箱を買ったこと。あったらいいな、と思う話を次々にした。

「ねぇねぇ、お母さん今日学校でね……」

母は僕のどんな作り話を聞いても、「すごいねぇ」とだけ言って褒めてくれた。テレビでやっていた遊牧民の人たちの日常の話を、僕は母に丁寧にしたことがあった。そのとき、母は一瞬だけ料理をする手を止め、僕の頭を優しく撫でながら、「へえ、すごいねぇ。将来は物を書く仕事をすればいいんじゃない？　その遊牧民の家族に会いに行って、その家族の物語を書くの。きっとみんな喜んでくれる」と言ってくれた。


授業参観の日、また上履きを隠された。この日ばかりは靴下で過ごしたくなかった。最初にゴミ箱を漁ってみたが見つからない。男子トイレの便器も掃除用具のロッカーの中も探したが、見つけることができなかった。仕方なく僕はまた、靴下で授業を受ける。教室の後ろは、大人たちで埋め尽くされていた。誰かの親の香水の匂いがひどく鼻についた。

「あの子、靴下しか履いてないわよ」

「教科書もないみたい」

僕にだけ聞こえる声が、背中に何本も突き刺さる。

大人からの憐れみが混じった視線が、足元に注がれているという妄想に僕は取り憑かれ、過呼吸を起こしてしまった。目の前が真っ白になり、意識が戻ったときは、教室の床に倒れていた。頬に当たる冷たいタイルが気持ち良かった。

「こいつ、おしっこ漏らしてるよ」

「きったねえ」

「まだ出てる出てる」

誰かの声が遠くのほうで聞こえるが、体中が痺れて指ひとつ動かすことができない。雨の匂いがした。その日は雨が降っていたんだ。僕はその日から雨の日が嫌いになった。

せめてもの救いは、授業参観に母が仕事で来られなかったことだ。その日だけじゃない。母が授業参観に来てくれたことは、結局一度もなかった。けれど僕としては、これまで母に伝えてきた話にほころびが出ずに済むので、それは好都合だった。

「だってあなた、参観日のお知らせ、一度もお母さんに渡したことなかったじゃない」

「へえ、すごいねぇ」

忍の声が、上から降ってくるように聞こえた。人肌の温かさが頬に触れる。見上げると、忍が団扇でゆっくり扇いでくれている。僕は忍の膝枕で知らぬ間に眠っていたようだ。

彼女の太ももの弾力を感じながらも、性的な衝動はまったく湧かず、それどころか安心しきって、眠くて眠くて仕方がなかった。柔らかな風が部屋を通り抜ける。忍の太ももから、ミルクのような香りがする。僕は鼻からスーッと、その香りを吸い込む。忍はくすぐったいくすぐったいと笑って、団扇で僕の頬をいたずらっ子を叱るように、優しく突っついた。

一瞬だが母の気配がした気がした。


「東京に何があるっていうの?」

母は、大学に行くわけでも安定した会社に就職するわけでもない、漠然と旅立つ息子を心配していたのは確かだった。あのとき、母になんと返しただろう。どうしても思い出すことができない。それほどに時だけは経った。

「ごめんなさい」

東京の住人になれば、何かが変わると思った。東京という街が、僕を導いてくれると信じていた。キラキラしたものに安易に手を伸ばそうとする人間は、街灯に集まって、自ら命を落とす蛾だ。美しい虹に導かれるように朦朧と歩き、手の届く所までたどり着いた人間が見る光景は、土砂降りの世界だ。身を粉にして働き、満員電車に耐え、「大人」と呼ばれる形状に来る日も来る日も擬態しようと努力した。

僕は人里に降りてきて九十九の塚を作った鬼と同じだ。一つだけ違うのは、東京での僕の日常にはタイムリミットがなかったということだ。諦める勇気も、逃げる勇気もなかった。ただ漫然と二十年という月日が流れただけだ。僕に何度かやってきたあのバグは、タイムリミットを告げる合図だったのかもしれない。

「でもあなた、東京は何かになる場所じゃないって思っていたでしょ。心の奥で、ずっと思っていたじゃない。東京は何者にもなれなかった人間たちが姿を隠す場所だって」

瞼がぱっと開き、電球の光が瞳孔の奥底に鋭く刺さった。

「すべての疲れは未練からやってくるんですよ。ほら、眉間にシワがよっている」

忍の細い美しい指が、すーっと僕の額から鼻筋までを優しく撫でる。涙が一雫流れた。頬を伝う涙。忍はその雫を、人差し指を使ってきれいに拭ってくれた。

鈴の音が聴こえたような気がした。僕はゆっくりと目を開く。太陽の匂いがする。とても軽い羽毛布団、柔らかい枕。僕は畳の部屋の真ん中で、太陽の光をいっぱいに浴びた布団に入って眠っていた。うつ伏せに眠っていたので、この部屋の中の状況がわからない。部屋は薄暗かった。だんだんと目が慣れてくる。障子の隙間から生まれたばかりの朝日が、一本の線のように部屋に射し込んでいた。空気は冷たい。一本の光の線は、部屋の柱を見事に照らしている。僕は体を起こし、導かれるように柱の「正」の字を確認する。

「どんなに心地が良かったとしても、百日以上滞在してはいけません」

沖島の声が聞こえた。

僕は指で柱の「正」の字を数え始める。

「一つ、二つ、三つ、四つ、五つ」

書いた覚えのない自分の文字を僕は数える。「正」の字を祈るような気持ちで数えつづける。「二十、二十一、二十二、二十三、二十四、二十五」

いつの間にこんなに刻んだのだろう。なかなか終わらないと思っているうちに、ついに「正」の字は禁断の数字に手がかかり、指で一線ずつなぞる。

「九十九、百、百一……」

日女の宿に来て、百日を超えていた。ただ、正直なんの感慨もなかった。自分の頬には、たしかに涙を流した痕があった。不思議なことに、憑き物が落ちたような爽快感すら感じていた。部屋の隅に、捨てられているように置かれたスマートフォンが目に入る。東京であくせく働いていた頃、事あるごとに触っていたそれは、電源も入らず、まるで死んだように静かだ。俗世間から離れて、百日以上が経ってしまった。日常、常識、建前、道徳、そのすべてから遠ざかってみたら、僕の心は皮肉なことに安定し、魂から自由を感じていた。

乱れた浴衣のまま部屋の襖を開ける。一歩踏み出すごとに、相変わらずぎゅうぎゅうと音が鳴る。僕は反応しなくなったスマートフォンを左手に握った。これを白濁の湯に溶かしてしまおうと思った。赤い絨毯に落ちる無数の光の粒が色とりどりで美しい。灯りに誘導されるように階段を降りていく。忍がスッと立っている。初めて会ったときと同じ、白いワンピースが美しかった。ワンピースの先のほうが青く滲んでいて、周りの空気は静止しているのに裾だけが微かに揺れていた。彼女の美しさは、その姿勢にあるということを、僕はそのときに心から実感した。

左手に持った鳴るはずのないスマートフォンがけたたましい音を立てる。画面を確認すると「沖島淳一さん（東京現代美術大学講師）麻木島にて転落死」という速報が表示されている。浴衣は解け、僕はだらしない裸を露わにし、忍の前まで歩いていく。スマートフォンはずっと鳴ったままだったが、そんなことはもうどうでもよかった。彼女の両手が僕を柔らかく包み込む。煩く鳴り響いているスマートフォンを手放して、彼女を抱きしめたい。しかし左手が意思を持ったかのように、力強くスマートフォンを握って離さない。左手は僕の左耳までスマートフォンを強制的に運ぶ。そして耳元であの声がした。

「いま、君の目の前に立っている女を私たちで共有しないか？」声の主は僕だった。

沖島はきっと僕がひた隠しにしていた欲望を見抜いていたんだ。僕は居場所が欲しかった。どんな人でもよかった。気が狂うような仕事でもよかった。僕のことを軽んじる恋人でもよかった。ただ、そうやって自分を憐れみながら、知らず識らずのうちに、世の中のすべてを見下していたことをごまかしたかった。影武者の仕事が本物になっていったように、誰かを所有できるはずだという傲慢極まりない妄想をごまかしたかった。

「では、良い旅を」

ビデオテープが巻き戻るようにキュルキュルと音を立てて、僕の人生が逆再生を始めた。頼りないオレンジ色の電球の灯りがジリジリと微かに音を立てる。揺らめく蠟燭の火。湯布院。いつだって急にたどり着いてしまう。もっと軽やかに人生を投げ出してしまえばよかった。だってお母さんは僕のことなんか、最初から見てくれていなかったんだから。

ここは電波が入らない場所。言葉は耳元でハウリングするだけで誰にも届かない。誰にも届ける必要なんて最初からなかった。

「鬼はきっと、鶏の声が嘘だって気がついていたんですよ」

片桐の声が聞こえた気がした。

——ザパアア

肉体はただ僕たちを運ぶ船。沈みかけた船。そして船は座礁し、いま完全にその姿を消した。

「次は霞ケ関、霞ケ関です」

地下鉄日比谷線が、真っ暗闇の東京の街に潜っていく。激しい車輪の音。僕はゆっくりと目を開ける。食い縛った奥歯のせいで左顎が痛い。闇の中に一瞬橙色のライトが光って、すぐに姿を消す。雨の匂いがした。目の前でつり革を摑んで立っている女の傘が、びっしょりと濡れているのがわかる。地上は天気予報通り、雨が降り始めたみたいだ。

よく見ると、目の前の女は傘だけではなく、着ている白いワンピースも濡れていた。僕は恐る恐るゆっくりと顔を上げた。

女の頰に、二つ並んだホクロがある。

日比谷線が悲鳴のようなブレーキ音をあげる。車両が大きく揺れ、僕は体勢を崩しそうになって、慌てて座席シートに左手をつく。

カコン、と桶が転がる音がした。

目の前にいる女と僕、ただそれだけの世界になる。

女は僕の膝にそっと手を置き、耳元すぐ近くまで顔を近づけ、優しく囁いた。

「ホロッホー」

日比谷線の窓は濃厚な湯気のようなものによって、たちまち曇りはじめる。

硫黄の匂いが鼻に抜けた。今日は一体何日目だろう。女は僕の掌に、冷たくて
細い人差し指で、「正」の字をそっと書いた。僕はまだ間に合うのだろうか。

「ねえ、遠くに行かない?」

死にたいという感情は、遠くに行きたいという想いに限りなく近い。

いつもより遠くまで。

僕はもう一度目を瞑り、「もう一駅だけ」と祈るようにつぶやいた。

装幀　熊谷菜生
写真　野村佐紀子
フラワーコーディネート　宇田陽子
構成協力　嘉島唯

燃え殻（もえがら）

一九七三年神奈川県生まれ。小説家、エッセイスト。二〇一七年『ボクたちはみんな大人になれなかった』で小説家デビュー。著書に『これはただの夏』『すべて忘れてしまうから』『相談の森』『夢に迷って、タクシーを呼んだ』『断片的回顧録』『それでも日々はつづくから』などがある。

本書は書き下ろしです。

【出版コーディネート】
TBSテレビ　マーチャンダイジングセンター

# 湯布院奇行

二〇二二年六月二八日　第一刷発行

著者　燃え殻

発行者　鈴木章一

発行所　株式会社講談社
〒一一二-八〇〇一
東京都文京区音羽二-一二-二一

電話　出版　〇三-五三九五-三五〇四
販売　〇三-五三九五-五八一七
業務　〇三-五三九五-三六一五

印刷所　株式会社ＫＰＳプロダクツ

製本所　株式会社若林製本工場

本文データ制作　講談社デジタル製作

ISBN978-4-06-527371-5 N.D.C.913 95p 20cm